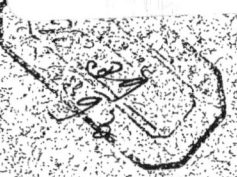

P. L. DE PIERREFITTE

HISTOIRE

DU

THÉATRE DES FOLIES MARIGNY

(1848-1893)

TRESSE ET STOCK

LIBRAIRES-ÉDITEURS

8, 9, 10 et 11, GALERIE DU THÉATRE-FRANÇAIS

PALAIS-ROYAL

PARIS

1893

DU MÊME AUTEUR

Etude historique sur le Droit des Pauvres
au Théâtre. Paris, 1892.

P. L. DE PIERREFITTE

HISTOIRE

DU

THÉÂTRE DES FOLIES MARIGNY

(1848-1893)

TRESSE ET STOCK

LIBRAIRES-ÉDITEURS

8, 9, 10 et 11, GALERIE DU THÉÂTRE-FRANÇAIS

PALAIS-ROYAL

PARIS

1893

183

EXTRAIT DE LA *REVUE D'ART DRAMATIQUE*

Nᵒˢ DES 15 AVRIL, 1ᵉʳ ET 15 MAI 1893

LE THÉÂTRE DES FOLIES MARIGNY[1]

Un récent décret du Conseil municipal a autorisé M. Georges Sirdey à rétablir dans le local précédemment occupé par le Panorama de Jérusalem, le théâtre des Folies Marigny.

Manquions-nous d'un théâtre à Paris et le besoin d'ouvrir une salle de spectacle nouvelle se faisait-il impérieusement sentir? On hésite à le croire, quand on lit et qu'on entend, chaque jour, les doléances des directeurs parisiens. Quel que puisse être, au point de vue de leur intérêt personnel, le résultat de la création ininterrompue de spectacles nouveaux, il n'en est pas moins vrai que la fin du XIXᵉ siècle occupera, à cet égard, dans les Annales du théâtre, une place à part. Sans parler des établissements secondaires, tels que cafés-

(1) Pour ne pas donner à ce travail un développement exagéré, j'ai cru inutile de répéter au bas de chaque page les indications bibliographiques Je me suis servi dans mes recherches des journaux quotidiens, mais plus particulièrement de certains journaux de théâtre: le *Fouet*, la *Revue et Gazette des Théâtres*, le *Monde Dramatique*, le *Spectateur*, l'*Entracte*, l'*Orchestre*, le *Courrier des Spectacles*, l'*Europe artiste*, le *Monde artiste*, le *Moniteur des théâtres*, etc... Certains annuaires et almanachs des spectacles, certaines biographies d'artistes m'ont été d'une grande utilité J'ai lu avec profit l'*Histoire des Bouffes Parisiens* de Lasalle (Paris, 1860, in-18), l'étude de M. Henri Lecomte sur *Virginie Déjazet*, (Paris, 1892, in-8°), l'*Année théâtrale* publiée par Georges Duval et surtout les *Annales du Théâtre et de la Musique* de MM. Noël et Stoullig, qui constituent les mémoires les plus complets pour l'histoire du et des théâtres. Quant aux renseignements inédits et ceux qui offrent par suite le plus d'intérêt, ils m'ont été transmis verbalement par Mˡˡᵉ Eugénie Bade, M. Louis Montrouge, Mᵐᵉ Delphine Ugalde et Mᵐᵉ Lionel de Chabrillan, que je remercie bien vivement de l'obligeance qu'ils ont mise à m'aider dans le cours de mon travail. Mᵐᵉ Lionel a poussé l'amabilité jusqu'à m'autoriser à prendre connaissance du manuscrit de la troisième partie de ses Mémoires, acquis par la maison Calmann-Lévy, et que publiera auparavant un grand journal du matin. Je n'oublie pas non plus dans les remerciements que j'adresse à mes bénévoles collaborateurs, mes confrères de l'*Evénement*, M. Anatole Cerfberr et Mᵐᵉ Mie d'Aghonne, mon vieil ami M. Maret-Leriche, M. Léopold Laluyé et Mᵐᵉ Céline Chaumont qui, tous, à défaut de renseignements précis, m'ont indiqué la marche à suivre pour m'en procurer.

concerts, lieux de plaisirs, casinos, qui surgissent de tous côtés et aveuglent les passants de leurs criardes lumières, nous avons vu naître, dans ces derniers temps, *le Nouveau Théâtre*, *le Grand Théâtre*, *le Théâtre Moderne*, *les Fantaisies Parisiennes*, *le Théâtre-Libre*, *le Théâtre d'Application*, *le Théâtre Réaliste*, *le Théâtre du Petit Casino* et d'autres, dont les noms m'échappent...... Quels sont ceux qui subsisteront encore à l'heure où ces lignes doivent paraître ?.....

Voici venir pour les beaux jours de juillet le théâtre des Folies Marigny, théâtre d'été, où l'on jouera la comédie, l'opérette, le vaudeville et surtout la pantomime. Si le répertoire est habilement choisi, si les acteurs et les actrices savent conquérir la faveur du public, il est probable que la variété même des genres que le nouveau directeur se propose d'exploiter, pourra rendre l'entreprise fructueuse. En tous cas, il est certain que l'idée d'ouvrir un spectacle d'été dans la plus fréquentée des promenades parisiennes, où les oisifs ne trouvent d'autre distraction que les flons-flons des cafés-concerts, et à une époque où tous les théâtres de la capitale font relâche, ne manque pas d'ingéniosité.

Aussi nous a-t-il paru intéressant de retracer l'histoire de ce théâtre, dont les phases, tantôt heureuses, tantôt malheureuses, n'ont laissé à la génération actuelle que de très vagues et très lointains souvenirs.

C'est un peu après la Révolution de 1848, que fut élevé, sur l'emplacement situé en face du Cirque d'été, au Carré Marigny, le petit bâtiment qui devait abriter dans la suite les « Folies Marigny ». Il ne nous a pas été possible de retrouver la date exacte ; mais le fait qu'il fut construit par la Ville, pour servir de local au physicien Lacaze, nous autorise à adopter la fin de l'année 1848, ou le commencement de 1849, comme date presque certaine de son érection. C'est à cette époque, en effet, que Robert Houdin, le célèbre prestidigitateur, quitta Paris, pour suivre à Londres, le directeur du théâtre français de cette ville. La vogue dont il jouissait, le succès de ses représentations qui faisaient courir tout Paris, auraient ôté au plus habile de ses rivaux l'idée de monter un spectacle semblable au sien : quand il fut parti, Lacaze n'avait plus à redouter une concurrence qui lui présageait un échec certain, et il obtint l'autorisation d'exploiter son talent dans l'édicule municipal des Champs-Elysées.

Toutefois, la renommée de Robert Houdin l'avait suivi au-delà de la Manche et, après son départ, le public ne se montra plus guère enthousiaste des spectacles de trucs et d'escamotages qu'il avait mis à la mode. Tout au plus menait-on les enfants au Théâtre Lacaze, comme on les mène de nos jours à Guignol, et, bien que l'absence totale de documents relatifs à cet établissement nous oblige à une grande circonspection, tout porte à croire que Lacaze n'en resta pas longtemps le propriétaire !

Quel théâtre d'ailleurs que ce « bocal » planté entre deux arbres des Champs-Elysées, dont, de loin, on eût dit une guérite !

Aussi éprouva-t-on une réelle surprise, en apprenant qu'un impresario venait de transformer cet édicule en un véritable théâtre, où il allait jouer de véritables pièces et convier un véritable public. Cet impresario était Offenbach ; le théâtre qu'il créait était celui des *Bouffes Parisiens*.

Offenbach, dont le nom était tout à fait inconnu et qui cherchait à sortir de l'obscurité où l'avaient laissé plongé son emploi de chef d'orchestre à la Comédie Française et la musique qu'il avait composée pour quelques fables de La Fontaine, avait compris le parti qu'il pouvait tirer du local abandonné. L'Exposition Universelle de 1855 venait d'ouvrir ses portes au Palais de l'Industrie ; les Champs-Elysées étaient devenus une sorte de Boulevard Européen où se donnaient rendez-vous la foule des Parisiens, des étrangers et des provinciaux accourus pour contempler les merveilles de l'art, de l'industrie et des sciences : malgré son exiguité lilliputienne, le théâtre Lacaze offrait l'avantage exceptionnel d'être situé à côté du Palais de l'Industrie ; il y avait là une mine à exploiter. Offenbach n'eut garde de laisser échapper pareille occasion.

Une autre circonstance le servit aussi admirablement : l'Opérette, genre nouveau, inauguré par Hervé aux Folies-Nouvelles, avait rapidement conquis la faveur des Parisiens ; ce n'était pas le gros public qu'elle attirait, mais un public spécial, aussi amusant que bizarre. Tous les soirs, des gandins et des femmes du demi-monde remplissaient la salle des Folies-Nouvelles, tout en se plaignant un peu de l'éloignement de ce théâtre et de la peine qu'il fallait se donner pour gagner la place du Château-d'Eau. En établissant son spectacle aux Champs-Elysées, Offenbach comptait amener non-seulement le public habituel d'Hervé, mais encore la bourgeoisie, voire même l'aristocratie, qui ne devait pas tarder à mordre à ce genre inédit de distraction. D'ailleurs, en même temps que les principales pièces jouées aux Folies-Nouvelles, *Le Compositeur Toqué, Sancho Pança, Deux sous de charbon, Agamemnon ou le Chameau à deux bosses, Le Jugement de Paris, la Revanche de Vulcain, l'Ile de Calypso,* etc., formaient quelques-uns des acteurs qui devaient plus tard jouer l'opérette avec le plus d'éclat, elles accoutumaient insensiblement les esprits aux excentricités du genre et l'on peut dire que, quoi qu'ils furent rivaux, c'est à Hervé qu'Offenbach est redevable de l'incomparable succès qui accueillit bientôt sa nouvelle entreprise.

Offenbach ne fut pas embarrassé pour transformer le Théâtre Lacaze, dans lequel un limonadier aurait juste été à son aise, en un local très bien agencé. L'architecte Hittorf, auquel il confia ce soin, exécuta un véritable tour de force en pratiquant un vestibule pour le contrôle, des couloirs pour la rentrée et la sortie des spectateurs, six loges de chaque côté, un amphithéâtre en gradins sur un plan très incliné, une galerie supérieure, un orchestre, une scène précédée d'une avant-scène, des coulisses et des loges pour les acteurs. Cambon et Thierry furent chargés de la partie décorative ; on engagea un orchestre, des danseuses et un personnel chantant, et le théâtre fut inauguré le 5 juillet 1855.

Le spectacle de la première représentation se composait d'un prologue en vers par Méry, musique d'Offenbach, intitulé : *Entrez, Messieurs, Mesdames,* de deux opérettes, *la Nuit Blanche* de Plouvier et Offenbach, et *les Deux Aveugles* de Jules Moineaux et Offenbach, et enfin d'un ballet bouffon, *Arlequin barbier.*

Le succès fut complet : bien que le Théâtre des Bouffes présentât plus d'un inconvénient, qu'on ne pût marcher deux de front dans les couloirs, que les hommes à larges épaules et les belles dames à paniers n'y pussent avancer que de côté, qu'il ne fallût pas avoir les jambes trop longues pour s'asseoir sur les gradins et que Lablache ou Pradeau n'eussent pas trouvé dans toute la salle une place digne d'eux, bien qu'il n'y eût pas de foyer public et que les spectateurs fussent forcés d'employer l'entr'acte à aller voir tourner les chevaux de bois sous les arbres des Champs-Elysées, même en cas de mauvais temps, une société d'élite, dans laquelle on remarquait un grand nombre de notabilités artistiques et littéraires, assistait à l'inauguration de la salle, où il est vrai que des procédés nouveaux de ventilation entretenaient une grande fraîcheur en plein mois de juillet. « Le succès, dit un chroniqueur contemporain, fut à ce point unanime, qu'on eût pu craindre de voir crouler la salle sous les bravos, si elle n'avait pas été si solidement construite. »

Et, de fait, le succès avait dépassé toutes les espérances. *Les Deux Aveugles,* entre autres, sont restés un modèle de l'opérette-bouffe : on en jouait les airs sur tous les pianos, toutes les bouches les fredonnaient ; la vogue fut immense. Chaque soir, le théâtre était trop étroit et l'on se voyait obligé de refuser des spectateurs. Dans leurs journaux, les critiques déclarent qu'il n'y a qu'un théâtre dont ils aient besoin d'entretenir le lecteur, et ce théâtre, c'est le nouveau venu, le plus petit, mais momentanément le plus célèbre de la capitale.

Son répertoire se composait presque uniquement de pièces écrites par Méry, Ludovic Halévy, Gaston Mestepès, Tréfeu, Hector Crémieux et William Busnach ; Offenbach en faisait la musique, et elles étaient jouées par une pléiade d'acteurs et d'actrices dont aucun ne manquait de talent. C'était Pradeau, l'acteur désopilant, le comique de bon aloi, à la face hilarante et grimaçante, aux yeux souriants et pétillants d'esprit qui, dans sa création du rôle de Patachon des *Deux Aveugles,* avait réalisé le type du bouffon, moins ses difformités ; c'était Désiré, le gros Désiré, un comique pur sang, l'interprète le plus éclatant de verve qu'ait eu l'opérette ; c'était Hortense Schneider, alors toute jeune et toute fraîche, jolie comme un cœur et dont la voix, tour à tour tendre et gouailleuse, annonçait déjà la célèbre et inimitable *Grande Duchesse de Gerolstein.* C'était Berthelier qui, moins d'un an après, devait brillamment débuter à l'Opéra-Comique ; c'étaient Darcier, Guyot, Glatigny, Derudder, et Mlles Macé, Lise Tautin et Maréchal de Neuville, des comédiennes, aussi charmantes que chanteuses agréables.

Successivement, les Bouffes-Parisiens des Champs-Elysées représentèrent une série de pièces qui, toutes, eurent un succès égal. *Le Rêve d'une Nuit d'Eté, Pierrot clown, Une Pleine Eau, Le Violonneux, Polichinelle dans le monde, Madame Papillon, Le Duel de Benjamin,* (où le compositeur Jonas fit ses débuts) *Périnette, Les Statues de l'Alcade, Sur un Volcan, Ba-ta-clan,* tel était le répertoire qui, chaque soir, attirait un public nombreux.

Cependant l'hiver était insensiblement venu : l'Exposition venait de fermer ses portes ; la bise, qui malgré toutes les barrières qu'on lui opposait, parvenait à se glisser dans la salle et à y engendrer parmi les spectateurs et les spectatrices d'insupportables rhumes de cerveau et de poitrine, décida Offenbach à abandonner momentanément le local auquel il devait sa fortune, pour aller s'installer au passage Choiseul, dans le théâtre du physicien Comte. Désormais, les Bouffes-Parisiens siégèrent en hiver dans cette nouvelle salle et l'été dans le minuscule théâtre du Carré Marigny où son directeur apportait, les années suivantes, un répertoire grossi de *Tromb-al-Cazar*, des *Vieilles Gardes*, de *Croquefer*, de la *Chatte Métamorphosée* et des *Petits Prodiges*. Seul, le succès colossal d'*Orphée aux Enfers* obligea Offenbach à quitter définitivement sa champêtre demeure des Champs-Elysées. — On était au 21 octobre 1858.

Depuis plusieurs mois déjà, Offenbach n'y jouait plus ; il avait provisoirement quitté Paris et était allé représenter en Province et à l'Étranger la série des pièces qui lui avaient valu tant de succès.

Dès le 11 mars 1858, le petit théâtre du Carré Marigny avait été mis en adjudication.

Convaincu que la fortune lui sourirait dans ce local, comme elle avait souri à son prédécesseur, Charles Deburau poussa fort loin les enchères, et sur une mise à prix de 30.000 francs, il se fit adjuger le petit théâtre pour la somme de 72.500 francs. Bien entendu, cette adjudication ne comportait que le droit au bail et le privilège de l'exploitation : car le local appartenait à la Ville de Paris qui en est demeurée propriétaire jusqu'à sa destruction.

Deburau n'était pas un inconnu pour le public parisien. Le nom de son père était peut-être le plus populaire des noms d'artistes, et lui-même par sa distinction, sa finesse, son espièglerie, avait conquis la faveur des spectateurs dans un emploi que le talent inimitable de son père avait rendu presque inaccessible. Le nom des Deburau était plein de promesses ! Le nouvel impresario en baptisa la salle du théâtre des Champs-Elysées qu'il appela *Bouffes Deburau ;* il recruta une troupe spéciale formée d'artistes dramatiques et lyriques de tous les théâtres de Paris, réunit des danseurs et des danseuses, s'associa son beau-frère Goby, dont le talent n'était pas à négliger, rédigea un programme d'opérettes, de chansonnettes comiques, de ballets et se réserva à lui-même et à son ami Derudder la gloire d'interpréter les pantomimes dont se composait son répertoire.

En changeant de maître, le théâtre des Champs-Elysées changeait aussi de genre. Mais au début, tout au moins, le succès ne différa guère. Deburau ouvrit son théâtre le 5 juin 1858 par un spectacle composé d'un prologue en vers de Samson, l'artiste de la Comédie-Française, d'un proverbe de Mme Berton, intitulé *La grande Tante,* et d'une pantomime de Deburau. La presse et le public se montrèrent très satisfaits. A côté de Deburau et de Derudder, auxquels revinrent tous les honneurs de la soirée, on signalait un certain nombre de danseuses et d'actrices charmantes telles que Mlles Lambert, Gabrielle, Paurelle, dont la beauté et la grâce étaient encore accrues par l'art de bien dire une tirade ou de bien détailler un couplet.

Pour encourager le public, Deburau résolut de varier autant que possible son spectacle : tous les quinze jours à peu près, l'affiche était modifiée et voici les pièces qui furent jouées, pendant la saison de 1858, du 6 juin au 30 septembre : C'est le 24 juin que le spectacle fut remonté pour la première fois et remplacé par une saynette fort gaie intitulée *Boarding Scholl* ou *On prend des Pensionnaires* et une joyeuse pantomime de Deburau, *Pierrot coiffeur ou Arlequin mort et vivant;* puis on donna successivement, le 8 juillet, *Femme et Femme,* saynette musicale de Ch. Potier, musique de Maillard ; *Un Duo de Capons,* folie de M. de Jallais, musique de Rosemboom ; le 22, *Le Magot de Jacqueline,* opérette de MM. de Jallais et Numa, musique de Blaquière ; *Les deux Jocrisses,* pantomime de Deburau ; *La Nuit rose,* de M. L. Laluyé ; le 5 août, *Ohé les grands Agneaux* et la parade du *Signor Cascarelli* qui excita une hilarité générale, mais qui fut cause d'une altercation assez vive entre les acteurs et les journalistes dont le jugement s'était manifesté sans réserves. — Le 19 août, *La Chasse aux Rats,* de Dutertre et Duprez, musique de Duprez, et *Le Duel de Pierrot,* de Négrier et Derudder, remportent un grand succès. Citons encore *Les Pifferari,* de de Jallais ; *Le Voiturin,* d'Hervé ; *La Belle Espagnole,* également d'Hervé ; *Le Conscrit, L'Amour au Tambour, Le Sentier de la Fée, etc....*

Mais malgré tous les efforts de Deburau, l'entreprise des Bouffes fut peu fructueuse......

> « Ils étaient de ce monde où les meilleurs choses
> Ont un pire destin..... »

et après quelques représentations données sur le théâtre des Délassements Comiques, Deburau reprit sa vie nomade ; il laissait un déficit de 50.000 francs.

Un physicien aux abois, dont le nom ne nous est pas parvenu, s'installa au théâtre des Champs-Elysées, y donna quelques représentations, et rien ne faisait plus espérer que le local qui avait servi de berceau aux *Bouffes Parisiens* dût jamais rouvrir ses portes.

On avait compté sans Madame la comtesse Lionel de Chabrillan, l'ex-Céleste-Mogador du bal Mabille.

Tout le monde connaît au moins de nom cette curieuse personnalité de notre siècle, dont la vie s'est écoulée dans des milieux si différents et à travers des péripéties si extraordinaires.

Bayadère rivale des Maria, des Frisette, des Pomaré, des Clara, de délirante mémoire, immortalisée dans un rondeau célèbre de Nadaud, elle avait longtemps fait l'honneur des jardins publics de la capitale.

Mariée au comte Lionel de Chabrillan, et devenue veuve au bout de quatre années, elle avait compris toute l'importance des devoirs que lui imposait le nom qu'elle portait. Aussi, refusa-t-elle d'accéder à toutes les propositions — et Dieu sait si elles furent nombreuses — qu'on lui fit au nom de sa beauté présente et de sa gloire passée. Sans autres ressources que celles qu'elle pouvait se procurer par son travail intellectuel, elle écrivit des romans et des pièces de théâtre. Les journaux acceptaient ses romans, les directeurs de théâtres recevaient ses pièces. Mais au moment de publier les uns et de jouer les autres, on lui renvoyait les manuscrits accompagnés toujours d'une aimable fin de non recevoir. Avons-nous besoin d'ajouter que cette opposition venait de la toute puissante famille de son mari, à laquelle elle avait refusé de faire le sacrifice de son nom contre le paiement d'une rente viagère de 12.000 francs ?

C'est pour mettre fin à ces hostilités et pour se trouver directement en présence du public, qui lui avait toujours fait bon accueil, que Mme Lionel résolut de prendre la direction d'un théâtre.

A cette époque, les femmes ne pouvaient obtenir de privilège ; il lui fallait donc trouver un homme de paille qui remplirait pour elle les conditions imposées par les règlements. On lui présenta M. Audray-Deshorties, l'ancien rédacteur en chef du journal « Le Corsaire » qui, après avoir exploité tous les métiers auxquels le rendait apte son titre de bachelier ès-lettres, se trouvait actuellement dans un dénuement voisin de la misère. Mme Lionel le nomma directeur du théâtre dont elle allait devenir propriétaire ; mais pour rester, en dépit des apparences, seule maîtresse chez elle, elle se fit remettre en blanc la démission de M. Audray-Deshorties et lui imposa de ne faire ni engagement d'acteurs, ni réception de pièces, ni dépenses d'aucune sorte sans autorisation signée d'elle. Elle lui donnait 300 francs d'appointements par mois sans lui laisser exercer le moindre contrôle sur ses recettes.

Ceci fait, Mme Lionel, après avoir, sans succès, demandé une recommandation aux plus influents de ses amis, se rendit au Ministère où, à force de prières, de supplications et de promesses, elle obtint du Directeur des théâtres, le privilège qu'elle sollicitait.

La salle du théâtre des Champs-Elysées était dans un état pitoyable ; le physicien qui l'avait occupée en dernier, y avait posé des banquettes rembourrées de foin que les rats et les souris avaient entièrement rongées ; les murs étaient complètement nus, ce qui n'empêcha pas le propriétaire de demander 12.000 francs de location pour ce chenil. Mme Lionel

l'obtint pour 9.000 francs ; elle y amena une armée de
maçons, de charpentiers, de tapissiers, de peintres, de déco-
rateurs, passant le temps que lui laissait libre la surveillance
des travaux, à courir les théâtres de jeunes pour y recruter
une troupe.

Elle ne manqua pas non plus d'aller voir son grand ami,
Alexandre Dumas père , pour lui annoncer ses projets .
L'accueil qu'elle en reçut fut peu encourageant.

— « Il faut, lui dit le grand homme, que celui qui veut
« ouvrir ça (le Théâtre des Champs-Elysées), soit un
« fameux imbécile. Il n'y a pas de théâtre possible sans
« peuple ; ce sont les petites places qui donnent le mieux.
« Et puis, est-ce qu'on va au théâtre l'été ! »

« — Les autres vivent bien !

« — Bien ou mal ; plutôt mal que bien ; ils mangent, l'été,
« ce qu'ils ont gagné l'hiver. Combien cette boîte là peut-
« elle contenir de monde ?

« — Deux cent cinquante à trois cents personnes, je
crois.

« — Assises les unes sur les autres alors ! J'y suis entré
« une fois pour voir jouer les *Deux Aveugles* : il m'a été
« impossible d'y rester ; les stalles étaient faites pour des
« enfants.

— « Cela n'empêche pas qu'on y allait beaucoup.

— « Eh bien, je te prédis que personne n'y viendra. »

Néanmoins, Mme Lionel ouvrit son théâtre le 19 avril 1862
en présence de la presse entière et des amis des auteurs
accourus en foule. Grâce au bon goût de la directrice, le luxe
déployé par elle dans la mise à neuf et la décoration de son
théâtre, donnait à cette bonbonnière un aspect des plus gais,
des plus coquets et des plus élégants. L'ancien parquet,
dressé en amphithéâtre, avait été remplacé par un orchestre
avec des fauteuils commodes et confortables ; les murs de la
salle étaient garnis d'un treillage de jardin bleu et blanc, sur
lequel étaient peints de délicieux bouquets de roses, de chè-
vrefeuille, de lilas et de jasmin. Des glaces ornaient les

parois des loges et des couloirs, et reflétaient à l'infini la salle qu'éclairait un lustre du plus bel éclat.

Le spectacle se composait de *Pare à Virer*, vaudeville en un acte, de La Landelle ; *Bonheur au Vaincu*, comédie de Mme Lionel, et *Versez Marquis*, opérette d'Alexis Bouvier, musique de Barbier. L'accueil du public fut très chaleureux. Non seulement il était charmé des améliorations notables qu'on avait fait subir à la salle, et du parfum de bonne compagnie qu'on y respirait maintenant, mais aussi de l'interprétation heureuse d'un spectacle varié et amusant. Tous les acteurs, — il n'y en avait jamais que quatre à la fois en scène. — étaient des débutants, mais des débutants pleins de promesses. A leur tête se trouvait Daubray, l'aimable et intelligent comédien que nous avons tous connu. Mme Lionel elle-même figurait dans la pièce de Bouvier. une première fois sous les traits de la Guimard, une autre fois en un travesti qu'elle portait avec beaucoup d'élégance et de crânerie.

Le 28 mai, la première représentation d'une opérette bouffe d'Achille Eyraud, musique de J. Barbier, intitulée : *La Cigale et la Fourmi*, où débuta Deschamps, eût un éclatant succès. La bonbonnière d'*Audray Deshorties* faillit être trop petite, surtout, quand le 10 juillet 1862, on ajouta sur l'affiche *L'Alphabet de l'Amour*, d'Eugène Moniot, comédie dans laquelle débuta Céline Chaumont. Céline Chaumont avait jusqu'alors joué des rôles de figurante : Mme Lionel, qui s'y connaissait en tempéraments et savait les découvrir, ne s'était pas trompée en confiant à la jeune débutante le rôle de Balbine qu'elle avait commandé exprès pour elle. Elle le joua avec tant de goût, elle imita si bien la voix et les gestes de sa grande aînée Déjazet, que le public lui fit un triomphe.

Malgré tout ce succès, le théâtre des Champs-Elysées ne aisait pas d'argent. Tous les artistes étaient payés et les recettes n'atteignaient pas 60 francs par soirée, car le public qui s'y pressait, qui y applaudissait. était un public non payant, auquel la direction, pour ne pas jouer devant les banquettes, faisait distribuer des billets. Mme Lionel eut alors recours à un procédé auquel, depuis, bien des directeurs ont dû leur fortune : elle inonda les quartiers des Champs-Elysées, de Neuilly et de Passy, de billets permettant d'assister au spectacle moyennant une rétribution de 25 centimes. Le public accourut en masse : la police fut même obligée d'intervenir pour maintenir l'ordre aux Champs-Elysées. La création des billets à droit avait fait monter les recettes au chiffre moyen de trois cents à trois cent cinquante francs.

Fin août, le théâtre fit relâche. La troupe des Folies Dramatiques, expropriée par suite de la démolition du boulevard du Temple, et attendant que le théâtre qu'on lui construisait fut prêt, loua à Mme Lionel, moyennant 50 francs par jour, la salle des Champs-Elysées, et y donna ses représentations du 14 septembre au 6 novembre 1862.

Mme Lionel, qui avait dépensé une grosse somme dans l'installation de son théâtre, ne voulait pourtant pas l'abandonner sans lutte.

Elle courut à la direction des Beaux-Arts, obtint la prolongation de son privilège pour la saison d'hiver, et rouvrit le 13 novembre. Elle annonçait que la salle serait chauffée, qu'un foyer couvert serait mis à la disposition du public, qu'elle varierait à l'infini ses spectacles : Malgré cela on la crut folle de tenter en hiver une pareille entreprise. Son spectacle d'ouverture se composait, outre la reprise de *Versez Marquis*, de deux pièces nouvelles, *Qui crève les yeux les paie*, comédie de M. Buffaut, dans laquelle Daubray continuait ses débuts, et d'*Euréka*, opérette d'Alexis Bouvier, musique de Jouffroy, où Barnolt, le baryton actuel de l'Opéra-Comique, se fit entendre pour la première fois.

Le succès fut grand et ne se démentit pas les soirées suivantes. Mme Lionel, à côté des pièces nouvelles qu'elle mettait en scène, puisait surtout dans le vieux répertoire abandonné des Folies-Dramatiques, des Bouffes et des Variétés : elle en exhumait les opérettes les plus gracieuses et les comédies les plus amusantes qui retrouvaient toujours le même accueil que 15 ou 20 ans auparavant. Avec ce système, la salle était comble chaque soir ; les interprètes, remplis d'espoir et de courage, redoublaient de verve et de bonne volonté. On ne leur ménageait pas les ovations, et chacun rendait justice au zèle et à l'activité incessante que déployait Mme de Chabrillan dans une entreprise théâtrale regardée comme impossible jusqu'à ce jour.

Chacun, excepté Céline Chaumont et M. Audray Deshorties. La petite Céline, comme on l'appelait, n'avait pas alors un caractère aussi égal que son talent plus tard devint uniforme. Invoquant toujours son titre précieux d'*honnête fille*, elle refusait certains rôles, n'acceptait pas certaines toilettes, maugréait contre certaines de ses camarades. Mme Lionel eut à supporter de sa part mille contrariétés, mille vexations, qu'excusent seul le jeune âge de l'artiste et les conseils perfides qu'elle recevait de son entourage. Elle eut toutes les peines du monde à lui faire jouer un rôle dans une charmante petite comédie, intitulée : *La Bonne à tout faire*, qui lui valut un succès éclatant, et qui, on peut l'affirmer, fut la cause et l'origine de sa réputation future. La représentation avait eu lieu le 22 janvier 1863 ; le 5 février, Mme Lionel reçut la visite d'Alexandre Dumas fils, qui venait lui demander la *Petite Céline*, pour jouer au Gymnase un des rôles principaux de l'*Ami des Femmes*. Céline avait encore six mois d'engagement à remplir : Mme Lionel, sans exiger aucun dédit, donna Céline Chaumont au Gymnase. On connaissait jusqu'ici son avenir brillant : On saura maintenant à qui elle doit la plus grande part de son heureuse fortune.

Quant à M. Audray Deshorties, il n'avait pas tardé à vouloir sortir de la condition subalterne dans laquelle le confinait son traité avec Mme Lionel : tout lui servait de prétexte pour entraver les projets de sa directrice et encourager les petits complots qui se tramaient contre elle dans la coulisse. Il eut même un jour l'idée de se substituer à elle, grâce au privilège ministériel établi à son nom. Malheureusement, le jour même où il comptait que ses plans allaient

aboutir, il eut la maladresse de commettre un abus de con-
fiance qui ruinait ses projets : Il avait dépensé pour son
usage personnel une somme assez importante qui lui avait
été remise pour payer l'éclairage du théâtre. Mme Lionel,
immédiatement, lui fit signer sa démission : mais elle fut, le
même jour, obligée de faire relâche, la Compagnie du Gaz
portatif ayant, faute d'avoir été soldée, refusé de livrer,
comme d'habitude, le gaz nécessaire. Ecœurée de la résistance
qu'elle rencontrait, des mauvaises volontés contre lesquelles
elle avait à lutter, et de l'acharnement que mettaient certains de ses ennemis à la calomnier et à lui nuire, Mme Lionel
assembla ses créanciers, paya ses dettes et mit son théâtre
en adjudication. Ce n'était pas sans un déchirement profond
qu'elle renonçait à son intéressante entreprise. Elle pouvait
au moins se consoler de ses pertes d'argent et de l'anéantisse-
ment de ses espérances, à la pensée qu'elle avait été utile à
l'art en produisant sur son théâtre des talents naissants
d'acteurs, d'actrices, de compositeurs et d'auteurs. Presque
tous les jeunes qui ont débuté sous la direction de Mme Lionel
ont jeté, à des titres divers, leur part d'éclat dans les étin-
celantes annales du théâtre de genre en France au xixe siècle.

Montrouge fut adjudicataire de la petite salle des Champs-
Elysées au prix de 15.000 francs. Après les efforts de
Mme Lionel, il paraissait bien difficile de réussir là où elle avait
échoué, et de rendre la vie au modeste théâtre perdu sous les
arbres des Champs-Elysées. Le nouveau directeur ne se laissa
pas décourager par l'exemple de ses prédécesseurs : il était
de ceux qui comptent sur les caprices de la fortune, et
d'ailleurs, pour ne pas se fier uniquement à sa bonne étoile,
il ne négligea rien pour obtenir de suite un résultat satis-
faisant.

Il commença d'abord par restaurer le local où il s'installait :
il chargea M. Menessier, un décorateur de talent, des travaux
de réfection de la salle, tandis qu'il commandait à
M. Alexandre Leroux un rideau d'avant-scène assez remarquable représentant la Comédie italienne ; en même temps,

3

il s'attachait comme dessinateur de costumes un artiste qui, lui aussi, eut son heure de célébrité, M. Cornillet, et recrutait une troupe composée de Mlles Darcier, Henriette Billy, Mathilde Bariolle, Gabrielle Elluini, Marie Jolly, Alice Lavigne, Jeanne Leduc, toutes actrices de talent, à la tête desquelles se trouvait Mme Macé-Montrouge ; du côté des hommes étaient Montrouge, aussi joyeux compère qu'habile directeur, Lacombe, Bonnet, Paul Legrand, l'inimitable mime, et les deux comiques Duhamel et Gatinais. Enfin, la liberté des théâtres venait d'être proclamée par un décret du 18 janvier 1864 ; le règne des privilèges avait vécu et le nouveau directeur était libre de donner à ses spectacles l'étendue et le développement qui lui plaisaient. Montrouge en profita pour implanter sur son théâtre les Revues de fin d'année, dont plusieurs, comme nous allons le voir, eurent un succès prodigieux et auxquelles il dut sa fortune.

Pour conjurer le mauvais sort, il commença par changer le nom du théâtre, jusqu'alors Théâtre des Champs-Elysées, et le baptisa Théâtre des Folies Marigny. Il ouvrit le 26 mars 1864 par un spectacle composé de : *On demande des Comédiens*, un acte d'Ernest Blum et Alexandre Flan ; *le Baiser à la Poste* de Delaguette, musique de Charles Lecocq, *l'Automate de Vaucanson*, dont Paul Legrand était l'auteur et l'interprète ; enfin un acte de Clairville, *Les Petites Misères de la Vie Humaine*, joué par Montrouge et Mme Macé-Montrouge eux-mêmes. Le succès fut considérable et inaugura pour les Folies Marigny une ère de véritable prospérité, qu'elles n'avaient pas encore connue et qu'elles ne devaient plus jamais connaître. Le théâtre de Montrouge était le rendez-vous de tous les gommeux : on y allait en habit le vendredi et ce jour-là, comme pour donner à la salle un aspect plus gai et plus jeune, les femmes fumaient dans les avant-scènes. Il nous suffira, pour donner une idée de la vogue qu'eurent à cette époque les Folies Marigny, de rappeler que sous la direction Montrouge furent jouées les pièces suivantes : En 1864, *En Classe Mesdemoiselles*, de

de Jallais et Dupeuty, qui eut 159 représentations de suite ;
Les Virtuoses du Pavé de Busnach, musique de Leveillé, qui
fut joué 141 fois de suite ; *Le Sire de Barbe-Bleue*, de Marquet et Léveillé, qui parut sur la scène 115 fois de suite ;
Liline et Valentin de Delaguette, musique de Charles Lecocq,
dont le nombre de représentations s'éleva à 120 !

En 1865, *Les Gammes d'Oscar* de Busnach, musique de
Georges Douay, atteignirent 107 représentations (1); *l'Orphéon
de Fouilly-les-Oies* de Marquet, 112 ; *Les Ondines au Champagne* de Lefèvre et Pélissier, musique de Charles Lecocq, 120 !

En 1866, on joua 150 fois *La Vipérine* de Prével et Busnach ;
en 1867, 175 fois le *Cabaret de Ramponneau* de Charles
Lecocq, et 200 fois *Le Dernier des Romains*, dont les paroles
et la musique étaient d'Eugène Moniot.

Mais ce qui donnait surtout de l'attrait au Théâtre des
Folies Marigny, ce qui y amenait le public élégant, c'étaient
les Revues de fin d'année dont le succès était inépuisable. Qui
d'entre nous n'a entendu parler de ces Revues fameuses qui
avaient pour titre *Zut au Berger, Bu qui s'avance, Les Canards
l'ont bien passé, la Bonne Aventure O Gué !* Le nombre des
représentations de chacune de ces pièces fut prodigieux.

Bu qui s'avance fut joué 201 fois ! Non seulement la
musique en était pimpante et gracieuse, le livret plein de
gaîté et de jeunesse, mais l'interprétation était aussi bonne
que possible : il y avait d'abord le couple Montrouge qui
menait la pièce avec un entrain irrésistible ; derrière eux ou
plutôt à côté d'eux, l'excellent comédien Paul Legrand qui,
sous le masque enfariné et intelligent de Pierrot, avait toutes
les finesses du rire et des larmes. Son jeu plein d'élégance,
de vivacité et de naturel était aussi inimitable quand il
parlait que quand il mimait. « Il avait, dit un critique contem-
« porain, de l'esprit dans le moindre geste, dans le moindre
« clignement d'yeux, dans la moindre chiquenaude, dans le

---

(1) Le théâtre Cluny vient de remettre à la scène ce petit acte qui fit jadis
les beaux soirs des Folies Marigny. M. Germain, le Champignol des Nouveautés,
y avait fait ses débuts.

« moindre pied levé, dans le moindre froissement de ses
« traits ; tout son jeu était d'une sagacité étonnante ; il tenait
« la scène tout entière ; il était complet »; Duhamel, Gatinais,
Augustin, dont la verve endiablée excitait l'hilarité générale ;
et surtout, du côté des femmes, une toute jeune actrice,
Mlle Bade, complétaient cet ensemble ; débarquée toute
fraîche de Province, où elle n'avait encore joué que sur des
tréteaux, Mlle Bade sut, par son charme, son intelligence, sa
beauté, la pureté et le goût de sa diction conquérir du premier
coup les suffrages de la presse et du public. « C'était une
« jolie fille, écrivait alors Sarcey, grande, svelte, bien faite,
« physionomie animée, bon enfant, et spirituelle tout
« ensemble, qui chante juste et détaille le couplet avec
« infiniment de crânerie et de grâce. »

Comment, avec de tels éléments, c'est-à-dire avec un répertoire sans cesse renouvelé, des acteurs de talent et des
actrices gaies et gracieuses, les Folies Marigny n'auraient-
elles pas répondu aux efforts de leur directeur ? Montrouge
n'eut pas seulement d'ailleurs le mérite d'avoir relevé un
théâtre qu'il avait repris en pleine décadence. Il faut lui
attribuer aussi celui d'avoir décidé à entrer dans la carrière
théâtrale deux hommes, dont le bon goût et le savoir faire
sont universellement applaudis aujourd'hui ; le compositeur
Lecocq et le librettiste Busnach. Charles Lecocq ne voulait à
aucun prix faire de la musique pour le théâtre ; il ne céda
qu'aux vives instances de Montrouge, et sacrifiant ses anti-
pathies à la vieille amitié qui l'unissait au Directeur des
Folies Marigny, il se décida à écrire la musique des *Ondines*
au Champagne et du *Cabaret de Ramponneau*, dont nous avons
dit plus haut le succès. Certes, ces pièces sont aujourd'hui un
peu oubliées : il n'en est pas moins vrai que sans Montrouge
nous n'aurions ni la *Fille de la Mère Angot*, ni les *Cent*
Vierges, ni d'autres chefs-d'œuvre de l'opérette que le
monde entier nous envie et nous emprunte ! Quant à Busnach,
il n'avait jamais rien fait d'heureux ni de sérieux pour le
théâtre, quand les 111 représentations des *Virtuoses du Pavé*

et les 107 des *Gammes d'Oscar* vinrent donner à l'auteur dramatique, en même temps qu'un sérieux encouragement pour l'avenir, un renom qu'il avait en vain cherché jusque-là.

L'heureuse impulsion donnée par Montrouge à son petit théâtre lui permit, moins de quatre années après en avoir pris la direction, de le céder à un ancien chanteur de l'Opéra-Comique, Montaubry, au prix de 65.000 francs ! L'affaire, on le voit, était assez avantageuse pour Montrouge, auquel la fortune n'a jamais cessé de sourire dans toute sa carrière théâtrale, soit comme acteur, soit comme directeur. Du jour où il abandonna la direction des Folies Marigny, le théâtre alla périclitant de jour en jour, passant entre les mains de directeurs éphémères, que la faillite obligeait à se retirer après quelques mois d'exploitation.

Toutefois les débuts de la direction Montaubry ne furent pas malheureux : Montrouge et sa femme devaient rester un an encore, jusqu'au 1er novembre 1869, comme artistes au service de Montaubry, et leur présence au théâtre allait être, au point de vue administratif, comme au point de vue artistique, d'une grande utilité pour Montaubry, esprit bizarre, incohérent, et peu apte à la tâche de directeur qu'il affrontait. Montaubry gardait aussi son costumier Cornillet, son décorateur Menessier auquel il adjoignait Capelli et surtout les artistes qui avaient fait toute la vogue du théâtre, et à la tête desquels se trouvait maintenant Mlle Bade.

La nouvelle direction inaugura son entrée en fonctions par un spectacle des plus simples composé de deux pièces : *A qui le faux-col* et *Jean qui pleure et Jean qui rit,* qui fut bientôt suivi (le 13 décembre 1868) d'une Revue intitulée : *A la barque, A la barque !* dont le succès dépassa toutes les espérances. MM. de Jallais et Alexandre Flan en étaient les auteurs ; Léveillé avait écrit la musique ; Mlle Bade y détaillait admirablement de délicieux couplets et Louis Leroy écrivait : « La Revue des Folies Marigny est tout simplement une perle de la plus belle eau. »

Aussi tint-elle l'affiche, sans désemparer, jusqu'au 15 mars 1869, date à laquelle elle fut remplacée par un spectacle varié composé de *15 jours de Printemps*, deux actes de M. de Jallais, le *Bon roi Dagobert*, opérette en un acte de Delbet et Marquis, et le *Jockey*, un acte de Félix Savard.

C'était le commencement de l'irrémédiable décadence dans laquelle allait s'effondrer petit à petit le Théâtre des Folies Marigny. Il y a bien à signaler, en juin 1869, une Revue dont le titre « *Aux Champs-Elysées* » y fit encore une fois courir tout Paris : en septembre de la même année, les *Ongles Roses*, une aimable fantaisie de Savard, qui fut l'occasion d'un nouveau et légitime succès pour Mlle Bade et qu'on représenta un grand nombre de fois. Mais combien l'on était loin de la vogue dont avait joui le théâtre des Folies Marigny les années précédentes, et que les Revues étaient pâles à côté de celles qui avaient fait la gloire et la fortun de Montrouge !

Cependant, le 18 novembre 1869, une Revue intitulée : « *On dit que c'est drôle* », eut un très gros succès, grâce au concours presque introuvable des trois comiques les plus drôles qu'on put voir : Léon Noël, Duhamel et Gatinais.

L'année 1870 ne s'ouvrit pas sous de favorables auspices. Le 1er février, la Presse était invitée à la répétition d'un nouveau spectacle composé d'un opéra-comique en un acte, *Horace*, de Dupré, musique de Montaubry, d'une fantaisie de Savard, *A la Grenouillère*, et d'une comédie en un acte de Mme Charlotte Dupuis, intitulée le *Petit Frère*. L'impression de la critique fut assez mauvaise et les journalistes ne mentionnent guère comme attrait de cette soirée que la réapparition de Montaubry qui, depuis près de deux ans, ne s'était plus fait entendre à Paris. Sa voix pleine de sonorité et de charme, le goût parfait de sa diction, sa physionomie toujours jeune et sémillante avaient attiré aux Folies Marigny les habitués de l'Opéra-Comique qui retrouvaient avec plaisir un de leurs chanteurs favoris. Une nouvelle venue, Mlle Martelacre, qui avait fait ses débuts en septembre 1869,

sous la direction Montaubry, avait aussi recueilli quelques
applaudissements dans un rondeau de la *Grenouillère,* dont le
refrain :

> S'il y a des gens malheureux
> C'est malgré-z-eux.

est resté populaire.

Mais tout cela ne suffisait pas à faire prospérer l'entreprise
de Montaubry. Le 24 mars, il tentait un dernier effort, en
faisant jouer une fantaisie de Flan et Savard, intitulée : « *Les
Cascades du Bois de Boulogne* ». Malgré des couplets joyeux,
des mots provocants et gais, des calembredaines réjouissantes
et des costumes gracieusement écourtés, le public continuait
à se montrer rebelle, et la salle demeurait presque chaque
soir vide.

Le 1er avril 1870, Montaubry se retirait et vendait les Folies
Marigny à M. Leduc. Leduc était un acteur qui avait joué les
pères nobles sur les scènes de province sans succès aucun.
Tenté du démon, il voulut à son tour devenir impresario et
il ne réussit pas davantage dans ce nouveau rôle. Soit impé-
ritie, soit mauvaise chance, son répertoire s'accrut d'une
quantité prodigieuse de fours, et voici en quels termes la
critique rendait compte de ses représentations : « Lundi,
nous avons eu la douleur d'assister au théâtre des Folies
Marigny, à la première représentation d'une ennuyeuse
pochade. *Les Cerises,* jouée par des artistes qu'on sifflerait à
l'école de la rue de la Tour d'Auvergne. L'*Alchimiste* de
MM. Chabrillat et Philippe Dupin a un peu mieux réussi.
Quant au *Paratonnerre,* une pièce vieillotte, tombée il y a
quelques années au Gymnase, il n'y avait que M. Leduc pour
oser la remettre à la scène. »

L'éloge était peu encourageant : Leduc eut pourtant alors
une idée qu'en les circonstances on peut qualifier de géniale.
Le 30 juin 1870, il annonçait, à grand renfort de réclame,
l'engagement pour deux mois au théâtre des Folies-Marigny,
de Mlle Déjazet. Elle devait passer en revue les principaux

rôles de son répertoire, et faire successivement défiler devant le public des Champs-Elysées : les *Premières armes de Richelieu*, le *Marquis de Lauzun*, le *Vicomte de Létorières*, *Monsieur Garat*, les *Prés Saint-Gervais, Gentil Bernard*, etc...

La nouvelle fut à peine connue que tout Paris, pour donner à Déjazet un dernier témoignage d'estime, d'affection et de reconnaissance, courut retenir ses places aux Folies Marigny. La location fonctionna comme aux plus beaux jours d'antan et tout faisait prévoir au directeur d'inespérées recettes.

Déjazet joua le 18 juillet les *Premières armes de Richelieu ;* elle ne les joua qu'une fois, et ne reparut plus jamais sur le théâtre des Folies Marigny. Virginie Déjazet a donné elle-même les raisons qui l'avaient obligée à résilier son engagement et à interrompre ses représentations dans une lettre, empreinte d'un touchant accent de tristesse et de résignation, que nous extrayons du beau volume publié par M. H. Lecomte sur la célèbre artiste. « Marigny est fermé, écrivait-elle le 22 juillet à une de ses amies, et mon traité est remis à plus tard, avec la condition signée que le théâtre ne pourra rouvrir sans moi. Quand ? Je l'ignore, puisque cela dépend du soleil et de la guerre. Donc, une bonne pluie, une première victoire et me voilà sauvée. »

La guerre et le départ de Déjazet furent le coup de grâce donné au théâtre des Folies Marigny. Le 28 juillet, sa recette s'était élevée à cinquante sous ! Le 29 il faisait relâche, attendant toujours pour rouvrir ses portes la première victoire sur laquelle semblait compter Déjazet et avec elle beaucoup d'autres Français. Hélas ! ce ne fut pas une victoire qui donna le signal de la réouverture des théâtres ; ce fut la signature d'un traité de paix sanglant pour la France, et le départ d'une partie des troupes ennemies qui occupaient notre pays mutilé. Une seule fois, depuis le 29 juillet 1870 jusqu'au 24 septembre 1871, les Folies Marigny avaient exceptionnellement ouvert leurs portes, pour une représentation de la *Corde sensible* organisée par Mlle Bade au bénélice d'une famille ruinée par la guerre. Le commissaire de police du quartier des Champs-Elysées lui avait délivré une autorisation spéciale, et comme le théâtre était dépourvu de tout matériel, la généreuse artiste avait fait transporter des hauteurs de Belleville où elle habitait, jusqu'au carré Marigny, une partie de son mobilier, pour suppléer aux décors et à la mise en scène.

C'est le 24 septembre 1871 que fut réouvert le théâtre des Folies Marigny, dont les propriétaires étaient MM. Clanchet et May. Cette période fut sans doute encore moins brillante que les précédentes car, à part la liste des pièces qui y furent jouées, nous n'avons rien retrouvé de saillant ou même d'intéressant à mentionner : d'ailleurs autant la saison d'hiver est favorable aux exploitations théâtrales, en général, autant elle nuisait à celle des Folies Marigny ; sa position excentrique ne pouvait guère attirer les Parisiens pendant les rigueurs hibernales, et le quartier n'était pas de ceux où l'on peut espérer faire prospérer un théâtre local.

Aussi nous faut-il attendre le printemps de 1872 (31 mars) pour assister à un succès. La salle a été repeinte, redorée et recapitonnée de haut en bas. Son nouveau directeur, M. Georges Numa, est un homme du métier, et tout fait espérer, au moins dans l'intérêt des jeunes artistes que fait vivre le petit théâtre, qu'il ne refermera pas ses portes de si tôt. Il inaugure sa direction par un spectacle composé d'un prologue d'Albert Glatigny, joué par Mlles Collas et Magnier, d'un opéra-bouffe en un acte d'Elie Frébault, musique de Nibelle, qu'interprètent Mlle Collas, l'étoile des Folies Marigny, entourée de Mlles Leclerc, Lydie, Dorval, Rosa Bell, Dormois, Genat, Antony ; de MM. Caliste et Baucé (le frère de Mme Ulgade), enfin d'une comédie en un acte « *Dieu merci le couvert est mis* », dont la principale protagoniste est Charlotte Dupuy.

La réussite fut complète : encouragé par ce premier résultat, M. Numa annonçait, à la date du 28 avril 1872, l'engagement à son théâtre de Mme Ugalde et de M. Hamburger.

La saison d'été promettait donc d'être heureuse et fructueuse. Le nom de Mme Ugalde devait à lui seul attirer tout Paris à la bonbonnière des Champs-Elysées ! Mais ce n'était pas comme artiste que le nom de la célèbre cantatrice allait figurer sur les affiches des Folies Marigny. Mme Ugalde s'associait tout simplement à M. Numa et à M. Eugène Garnier pour avoir l'occasion de faire représenter deux pièces dont elle avait composé la musique : l'une était un prologue intitulé les *Folies Marigny*, dont Albert Glatigny avait écrit les paroles ; l'autre, une opérette, *Nicaise*, dont le librettiste était E. Abraham, deux succès qui furent accueillis par la presse avec les plus grands éloges. Elle y faisait aussi débuter deux de ses élèves, Mlle Mozart (c'est du moins le nom dont on l'avait baptisée) et Mlle X... Malgré tout cela, la période qui s'étend du 24 avril 1872 au 30 septembre, reste tout à fait terne. Les journaux ne parlent pas plus du petit théâtre que s'il n'avait pas existé et il faut attendre la réouverture du 1er octobre pour assister à une représentation qui mérite qu'on la cite. M. Eugène Garnier est à ce moment le seul directeur en nom et son spectacle d'inauguration jette de nouveau quelque éclat sur le malheureux théâtre qu'il exploite. Le *Singe*, prologue d'Albert Glatigny, la *Fête des Lanternes*, opéra comique d'Emile de Najac, musique de Taverni ; les *Remords de Pinchenat*, vaudeville en un acte ; l'*Ami des Bêtes*, pochade de Henri Buguet et d'Edgard Sivray composent le « Festin de Balthazar », qu'on sert au public, qui se montre très satisfait. Les désopilants comiques, Augustin et Labarre, y avaient fait rire d'une façon extravagante !

Le 20 octobre, Mme Ugalde, cédant aux instances de Mme Tarbé des Sablons, auteur de la musique d'un poème intitulé la *Chanson de l'Etoile,* et signé d'Edouard Blau, consentit à créer le rôle principal de cette pièce qui ne comportait d'ailleurs que deux personnages. La réplique lui était donnée par une artiste de grand talent, Mlle Hustache, depuis Mme Léon Kerst. Il est inutile d'ajouter que l'interprétation fut irréprochable et le succès complet. Mme Ugalde n'avait déjà plus besoin d'ajouter ce fleuron à sa couronne !

Une autre femme, dont le nom est connu des générations actuelles, figure aussi, à cette époque, dans les annales du théâtre des Champs-Elysées : Le 17 novembre, Mme Louis Figuier faisait représenter une pièce intitulée *La Vie Brûlée*, qui valut à son auteur et à ses interprètes, MM. Baucé, Mendaste et Petit, Mlles Devaud et Barbarand, de sincères applaudissements.

Mais la mauvaise chance s'acharnait contre la petite scène des Folies Marigny. Le 26 janvier 1873, les journaux enregistraient la faillite de M. Garnier. Le 15 mars, Me Tournelle, notaire à Paris, mettait le théâtre en adjudication au prix de 3.000 francs et il ne trouvait acquéreur que le 6 avril, en la personne de M. Gaspari, ancien acteur de l'Odéon et du Théâtre Historique, en dernier lieu directeur de Bobino (1). Il rouvrit son théâtre le 16 mai et chercha à continuer la tradition *montrougienne* de la pièce constellée de femmes et de couplets. Le spectacle d'inauguration se composait d'un vaudeville, *le Péché de mon oncle*, de Miral; d'une folie de de Jallais et Depeuty, *Nos Jolies Gommeuses,* et d'une opérette de Marc Leprévost, *la Leçon de Chant*. En décembre 1873, Mme Louis Figuier reparut avec une pièce fort leste, les *Pilules de Brancolas*, dont le succès de fou rire se résuma en ce mot d'un titi : « Elles feront aller tout Paris aux Folies Marigny », et l'année se termina par une revue en quatre actes et huit tableaux de de Jallais, *Petit Bobino vit encore*, dans laquelle Mme Gaspari, artiste adroite et expérimentée, remporta un éclatant succès.

C'est à peu près le dernier que nous aurons à signaler dans cette histoire déjà longue d'un théâtre qui languit et se meurt. Gaspari, après sa revue de fin d'année (5 décembre 1874),

(1) La troupe de Gaspari était ainsi composée: Gaspari, directeur; Buguet, secrétaire; Viu, régisseur ; Dauvin, chef d'orchestre. — Artistes : MM. Désiré Mercier, Paul Givet, Tony Saglet, Herbert, Constant, Destremont, Martin, Vauvert; Mmes Gaspari, Ludovic Laurent, Devaux, Delibes, Fraissinet, Feresem, Mesmaker, Langlès, Leriche.

As-tu vu Vénus? de MM. Gabet et Guénée, abandonne sa direction et passe la main à un ancien directeur du Théâtre Déjazet, nommé Vasse. Sous son administration, le Théâtre des Folies Marigny continue à tomber : le public déserte complètement les Champs-Elysées, les artistes ne touchent plus d'appointements et la réclame vulgaire fait place à l'art et au talent. Il y a pourtant un point curieux à signaler : c'est l'apparition d'un certain nombre de pièces dues à la plume d'auteurs qui, tous, à des titres divers, ont acquis depuis une certaine réputation. Les *Chevaliers de la Gomme* (14 février 1875), sont de Xavier de Montépin, les *Bonnes Filles de Béranger* (26 mai 1875), ont pour auteur Maurice Ordonneau, qui va devenir le fournisseur attitré des Folies Marigny. Eugène Granger et Victor Bernard font représenter un vaudeville intitulé : *On demande des Ingénues ;* les *Cochers de la rue de Ponthieu* sont de Savard, les *Odalisques de Ka-Ka-o* de Pierre Zaccone et Elie Frébault, *Oh ! ce Paladin,* de MM. Seurat et Valdy, musique de Douai ; la *Dompteuse de Bougival* de MM. Alfred Delilia et Ch. Le Senne, musique de Ben Tayoux ; la jolie comédie le *Passé de Nichette* (15 septembre 1875), de Lambert Thiboust.

Les pièces que l'on joue valent donc autant, sinon plus, que celles qui figurent sur les affiches des théâtres de second ordre. où le public afflue cependant. Ce qui est cause de leur insuccès, c'est qu'elles sont jouées en dépit du bon sens. Les actrices sont sans talent, elles n'ont pas de voix et chantent chacune dans un ton différent ; elles savent à peine leurs rôles et de plus, elles sont laides et mal bâties. Ce serait pourtant le moins que dans un théâtre où l'on ne joue que des pièces à femmes, où la scène est une véritable vitrine à exhibition, la direction eût la précaution de choisir des femmes belles et bien faites.

Au lieu de montrer de jolies femmes, Vasse a recours à la réclame scandaleuse ; dans une bouffonnerie carnavalesque intitulée *Les Etudiantes,* il fait débuter Fanny Méry, une fille qui vient de figurer dans une scène d'assassinat, rue Geoffroy-

Marie, et il soulève, de ce fait, l'indignation générale. Non seulement Fanny Méry était l'héroïne d'une sale histoire, mais elle était encore laide, gauche, dépourvue de toute espèce de talent, et seuls, les bravos des cochers du quartier et de quelques calicots en rupture de comptoir, lui donnaient l'audace de monter sur une scène qu'elle eût été, tout au plus, bonne à balayer. Dans *Au Petit Bonheur*, revue en quatre actes de Savard (27 novembre 1875), l'interprétation atteint le suprême degré de la fantaisie. La principale actrice est malade, et c'est une demoiselle, tout de noir habillée, qui lit ou plutôt qui épèle son rôle. La soirée produit une pitoyable impression.

Et pourtant la revue se joue jusqu'au 1er février. Elle est accompagnée sur l'affiche de petites pièces auxquelles elle fait d'ailleurs place jusqu'au 7 avril, date à laquelle la première représentation du *Petit Tour du Monde*, vaudeville fantaisiste en quatre actes de MM. Alfred Delilia et Carolus, musique de Georges Douay, fait faire aux Folies Marigny, salle comble, comme aux belles soirées du temps de Montrouge. La fortune se déciderait-elle à sourire de nouveau au mignon théâtre des Champs-Elysées? On serait tenté de le croire quand, le 15 juin, trois premières représentations, le *Pays des Bijoux*, légende hollandaise en deux actes de Félix Savard, semée de couplets frappés au bon coin et empreints d'une certaine grâce sentimentale et poétique; le *Troubadour Jonquille,* opérette en un acte de MM. Blondeau et Montréal, musique de Demarquette; les *Etonnements d'un Pédicure*, vaudeville de Vast et Ricouard, prolongent jusqu'au 1er août la vogue momentanée qu'a reconquise le théâtre des Folies Marigny. Mais à peine le public a-t-il repris en foule le chemin des Champs-Elysées, que la nature elle-même vient s'opposer à la réussite de l'entreprise de Vasse. Une chaleur tropicale s'abat sur Paris: on déserte la capitale ; on n'a pas souvenir d'un été pareil; jamais le thermomètre n'est monté si haut et rarement les recettes sont descendues si bas. Le 1er août, les Folies Marigny ferment leurs portes et le 30 du

même mois, le théâtre est mis en vente au prix de 5.000 fr.
Déjà, en avril 1876, Vasse avait été déclaré en faillite. Natu-
rellement, il ne trouve pas d'acquéreur. Montrouge a un ins-
tant l'idée d'y transporter l'Athénée, dont la réouverture est
entravée par des difficultés administratives : la police n'y juge
pas la sécurité des spectateurs suffisante. Mais l'interdiction
est bientôt levée, et Montrouge abandonne son projet. Les
Folies Marigny restent inexploitées pendant deux longs mois.
Dans les premiers jours d'octobre, Vasse revient à la charge
et en reprend la direction. Le spectacle de réouverture se compose de *Est-elle coupable?* vaudeville en un acte, *l'Enfant du
Carnaval*, un acte de Charles de Clarcy et A. Lemoine : les *Bri-
gandes*, vaudeville en deux actes de de Jallais et Lemonnier.
Puis viennent, le 30 novembre, *Jeanne, Jeannette et Jean-
neton*, d'Emile Abraham, Marc Constantin et Nargeot, qui
emprunte une partie de son succès à l'opérette du même nom
représentée quelque temps auparavant aux Folies-Dramatiques, et dont les auteurs se nommaient Clairville et Lacôme.
La revue de fin d'année, les *Cris-Cris de Paris*, est un nouveau succès. Elle est signée d'Eugène Grangé, Victor Bernard et Maurice Ordonneau. C'est assez dire qu'elle ne manque
ni d'entrain, ni d'esprit. La direction du théâtre s'est mise en
frais : elle a commandé des costumes à Rion et engagé
Mlle Bade, qui retrouve, sur la scène de ses débuts, l'accueil
flatteur qui l'a saluée dix ans auparavant. De plus, un incident
comique qui s'est passé le soir de la première, est cause que
tout le monde veut avoir vu la revue. A l'acte du scandale,
dans la salle, le garde de service, prenant au sérieux les
interruptions d'un acteur, se fâchait pour de bon et voulait
arrêter le délinquant. Il fallut l'intervention des ouvreuses
pour que la pièce pût continuer.

Les *Cris-Cris de Paris* tiennent l'affiche jusqu'au 24 mars
1877. Pendant l'année qui vient de s'écouler, les recettes es
Folies Marigny ont encore atteint, grâce surtout aux derniers
succès, le chiffre de 43.196 francs. En 1877, elles tombent à
8.317 francs. On peut juger par là de la situation misérable

du petit théâtre, qui ferme ses portes au mois de mai, après une reprise infructueuse des *Bonnes Filles de Béranger*. La clôture fut plus longue que jamais : ce n'est qu'au printemps de 1878, qu'un nouveau directeur, du nom de Weck, physicien de son état, tenté par les recettes probables qu'il pourrait réaliser pendant l'Exposition (1), comme jadis Offenbach, rouvrit les Folies Marigny. Dans l'intervalle, la salle du Carré Marigny avait été utilisée par Mme Mie d'Aghonne, pour y faire des conférences enfantines, sous le titre : *Histoire du temps où les animaux parlaient.* Ces conférences avaient lieu tous les jeudis, à trois heures. Les premières conférences, intitulées : *Le Vieux Loup*, *les Hirondelles du Grand-Pré*, *la Mort du Vieux Loup*, *les Mémoires d'un hanneton*, *les Infortunes d'une Libellule*, eurent lieu sans encombre ; mais Mme Mie d'Aghonne n'ayant pu obtenir d'être payée par l'impresario, propriétaire du théâtre, pour le compte duquel elle avait organisé ces causeries, ne poussa pas plus loin cette tentative. Elle fut remplacée par Robert Houdin, qui s'installa aux Folies Marigny et y donna des représentations d'été. Weck joua surtout des reprises d'anciennes pièces à succès, entre autres, pour la 512me fois : « *En classe, Mesdemoiselles.* » Puis, il monta quelques Revues nouvelles : *les Voyageurs pour l'Exposition*, de de Jallais et Numa, *Au Hasard de la Fourchette*, des mêmes auteurs ; quelques refrains joyeux, quelques couplets amusants, quelques scènes drôles suffirent à amener aux Folies Marigny un public d'étrangers et de provinciaux, de passage à Paris, et qui se laissaient surtout séduire par les séances de prestidigitation que Weck ne manquait pas d'intercaler tous les soirs dans son spectacle, soit dans les pièces mêmes, soit pendant les entr'actes. Il ne manquait d'ailleurs pas de talent et savait, sans hâblerie, mener les spectateurs de surprise en surprise. A défaut de mieux, c'était toujours un moyen d'attirer le public !

1) En 1878, les recettes s'élevèrent à 33.131 francs.

Mais l'Exposition terminée, le Théâtre Marigny est de nouveau vide. Il ferme ses portes jusqu'au 18 février de l'année suivante. La période qui s'étend du 18 février 1879 au milieu de l'année 1881, voit alors se succéder une série de directions dont la plus longue ne dépasse pas trois mois. Le 18 février, c'est M. Savary qui fait une reprise du *Royaume des Femmes* et donne la première représentation d'une parodie de l'*Assommoir*, intitulée l'*Assommoir de Veaubraisé*. Le 16 mai, M. Budas, un ancien acteur du théâtre, lui succède : il inaugure un nouveau genre en transportant sur la petite scène des Champs-Elysées une vieille féerie de Siraudin et Delacour, jouée 16 ans auparavant aux Délassements-Comiques, et intitulée : *la Queue de la Poële*. Cette innovation n'eut pas un résultat plus heureux. Le 23 juin, Budas cédait la direction des Folies Marigny à M. Descamps, l'homme de paille de deux artistes, MM. Edouard Georges et Scipion. Ce dernier, tout au moins, avait fait ses débuts sur la petite scène qu'il allait exploiter. En gens qui ne doutaient de rien, ils reprirent le *Royaume des Femmes, les Noces de Merluchet*, de Delacour et Jaime fils, montèrent une nouvelle pièce de Vast et Ricouard, intitulée *les Gobeurs*. Rien n'y fit : fin juillet, le théâtre ferme de nouveau ses portes pour ne rouvrir que le 1er octobre, sous la direction d'un ancien comédien de l'Athénée, Lacombe.

La première représentation qu'il donna fut de bon augure. Dans *les Amoureux de Boulotte*, opérette en un acte, de Paul Albert, musique de Varney, une jeune actrice, Mlle Saignard, fut rappelée trois fois par le public. C'était une fort jolie personne et douée d'un talent très appréciable.

Quant à Lacombe, il avait repris, dans les *Forfaits de Pipermans*, une de ses meilleures créations de l'Athénée et y avait été aussi remarquable.

La Revue qui passe, en trois actes et huit tableaux, atteignit aussi, sous la direction Lacombe, sa cinquantième représentation. C'était le chant du Cygne.....!

Il y eut encore, sous une nouvelle direction, celle de

M. Fitti, qui rouvrit le théâtre en décembre 1880, une Revue
de Christian Trogoff, intitulée : *Gil Blas à Paris,* dont les
couplets lestement tournés et interprétés avec bonne humeur
par Oscar (des Délassements-Comiques), Chopp (de l'Athénée),
Blanche Quérette (de la salle Taitbout), et Jane Méry, méri-
tèrent une mention.

..... Et puis, ce fut tout ! La disette de spectateurs était
telle que les affiches promettaient à chaque personne qui
prendrait sa place au bureau une pièce de 5 francs. Le public
ne se laissa ni séduire ni duper. Les Folies Marigny, après
30 années d'existence, dont plus de la moitié s'étaient écou-
lées dans une agonie voisine de la mort, succombaient
définitivement au printemps de 1881 et étaient remplacées
par un panorama élevé par M. Charles Garnier, pour le
compte de MM. Poilpot et Jacob.

Il y a environ un mois que les travaux de réédification du
Théâtre des Folies Marigny ont été commencés. L'infranchis-
sable palissade, qui entoure le chantier, interdit tout regard
indiscret et, quoique historien du théâtre, nous serions réduit,
sans l'obligeance de M. Sirdey, qui nous a montré tous ses
plans et exposé tous ses projets, à attendre, comme le pro-
fane, l'inauguration du nouveau spectacle, pour en décrire
les splendeurs. C'est assez dire, en passant, que M. Sirdey a
horreur de la réclame, et qu'il veut accomplir son œuvre
dans le silence et l'obscurité, quitte à éblouir plus tard le
public !

L'entreprise de M. Sirdey est, avant tout, une entreprise
sérieuse, non seulement à cause de l'immense capital qu'elle
absorbera avant d'être exploitée, mais encore et surtout par
l'objet qu'elle se propose. Pour bien affirmer ses tendances et
le but qu'il poursuit, M. Sirdey commence par intituler
simplement *Théâtre Marigny* le théâtre des *Folies Marigny.*
Ce ne sera donc plus ni un théâtre de femmes, ni un théâtre
à femmes, ni une galerie de rendez-vous. Faire une concur-

rence loyale et honnête aux Cafés-Concerts du voisinage, non
pas en les imitant ou en les surpassant, mais en s'éloignant,
autant que possible, du genre qu'ils exploitent ; créer un
théâtre d'art et de jeunes, voilà ce qui a poussé M. Sirdey à
consacrer son temps, son expérience et sa fortune à une
entreprise aussi périlleuse que celle qu'il affronte. Les portes
de son théâtre s'ouvriront toutes grandes, sans parti-pris
d'école ou de théories, à tout ce qui sera une manifestation
artistique et une aspiration vers l'idéal. Vaudevillistes,
comédiens, musiciens, pantominlstes, seront accueillis tous
avec la même bienveillance, quel que soit leur âge, quels
que soient leurs antécédents littéraires, à la condition qu'ils
apportent avec eux quelque chose de beau et de nouveau. Le
programme sera toujours conçu dans cet esprit et ne cher-
chera à séduire la foule ni par des exhibitions malsaines, ni
par des spectacles d'un réalisme grossier : seul, un public
d'élite appartenant à toutes les classes de la société, mais
cherchant surtout, et avant tout, au théâtre, une distraction
intellectuelle, se réunira dans cette petite salle, dont l'aménage-
ment coquet et confortable nous a paru satisfaire à toutes
les exigences du bien-être et de la sécurité.

Pour ceux qui connaissent les dispositions intérieures et
extérieures du Panorama des Champs-Elysées, l'installation d'un théâtre, dans un pareil local, peut paraître un
problème insoluble. Il n'y a pas à compter, en effet, qu'avec
l'exiguité des constructions existantes, mais aussi et surtout
avec les obstacles opposés par la réglementation surannée de
la Préfecture de Police, et avec les ordonnances de l'administration municipale qui sont immuables dans leur rigidité.

M. Sirdey, ou plutôt son architecte, M. le Maire, conserve
le dodécagone grandiose, aux énormes contreforts timbrés de
cartouches originaux, aux niches monumentales, à l'enta-
blement proéminent, au piédestal magistral de pierre dure,
qu'avait construit M. Garnier.

Il crée sur l'avenue Marigny une entrée couverte, donnant
accès, par quatre degrés, au rez-de-chaussée, où se trouvent

au centre le vestibule de contrôle, à droite et à gauche les escaliers conduisant aux première et deuxième galeries. Ce vestibule de contrôle sera décoré de verrières de style renaissance italienne et couronné par un élégant dôme à voussure garni d'œils de bœuf.

De la salle voutée du contrôle, on accède par un foyer circulaire de plus de 40 mètres de développement sur 3 mètres 50 de largeur aux baignoires ; aux extrémités de ce foyer est un promenoir, d'où partent des escaliers conduisant à l'orchestre.

Latéralement au monument se trouvent les portiques d'accès et de sortie des 3e et 4e galeries, avec contrôle et bureaux spéciaux, laissant à chaque partie du public son indépendance. A gauche, le cabinet médical ; à droite, le cabinet de l'officier de paix.

La salle tout entière sera décorée avec goût ; partout des tapis moelleux, partout des tentures luxueuses, des sièges confortables, des vestiaires commodes.

La scène, dont l'ouverture mesure 11 mètres 30, occupera une superficie de 300 mètres et pourra contenir 400 personnages. Elle est construite dans des conditions de sécurité qui n'ont jamais été réalisées jusqu'à ce jour, mais dont le détail technique est peut-être trop ardu pour être exposé ici.

Derrière la scène se trouve l'entrée des décors et du personnel, les bureaux et la direction, l'administration, les archives, les ateliers de costumes, les magasins d'armures et toutes les dépendances inhérentes à l'organisation d'un théâtre. 30 loges d'artistes, largement installées et éclairées, abondamment pourvues de toutes les commodités indispensables, s'échelonnent tout autour du pourtour circulaire ; ces loges sont desservies par deux larges escaliers doubles aboutissant d'une part dans le vestibule, de l'autre dans le jardin d'enclos.

Les dessous de la scène sont occupés par la chaufferie, les appareils de ventilation et les moteurs destinés à produire l'électricité d'éclairage. Cet éclairage se compose d'un lustre de 300 lampes se détachant de la coupole dont il éclaire les décorations de perspective architecturale et de personnages représentant allégoriquement les divers arts.

Des balcons et des loges, des lampes spéciales, teintées de couleurs discrètes, jetteront leurs feux au dessus des spectateurs sans détourner par leur éclat les yeux du côté de la salle.

Les vestibules et les couloirs, éclairés dar les mêmes procédés, seront en outre ornés de statues et de plantes, meublés de divans qui en feront d'agréables salles de repos et de conversations pour ceux des spectateurs que ne tenteront pas pendant les entr'actes ou bien les buvettes installées à chaque étage, ou bien la promenade des Champs-Elysées.

Nous omettons sûrement dans cette description bien des détails : qu'il nous suffise d'ajouter que l'été, la coupole de la salle étant mobile, rien ne sera plus facile que d'évacuer rapidement l'air chaud, et que cette dernière amélioration contribuera à faire du *Théâtre Marigny* un des séjours les plus agréables et les plus séduisants pour le public parisien. Nous espérons, d'ailleurs, que tous nos lecteurs, convaincus comme nous que la réédification du *Théâtre Marigny* est, tant au point de vue architectural que décoratif, artistique que littéraire, une véritable innovation, en deviendront des habitués assidus et qu'ils nous remercieront tous, d'avoir. dans la mesure du possible, favorisé, par le concours de notre modeste publicité, une œuvre aussi intéressante et aussi utile.

ISSOUDUN. — IMPRIMERIE A. GAIGNAULT.